너라는 화두

너라는 화두

—

초판 1쇄 2023년 11월 30일
지은이 김귀현
펴낸이 김영재
펴낸곳 책만드는집

—

주소 서울 마포구 양화로3길 99, 4층 (04022)
전화 3142-1585·6
팩스 336-8908
전자우편 chaekjip@naver.com
출판등록 1994년 1월 13일 제10-927호

—

* 이 책은 2023 문화도시조성 사업의 지원을 받아 발간되었습니다.

문화체육관광부 경상북도 GYEONGSANGBUK-DO pohang 포항시 phcf 포항문화재단

—

ISBN 978-89-7944-855-9 (04810)
ISBN 978-89-7944-354-7 (세트)

책 만 드 는 집   시 인 선 2 3 3

너라는 화두

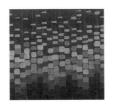

김귀현 시조집

책만드는집

첫 시집을 낸 지 십 년 만에 시조집을 냅니다.
느림의 미학을 실천하고 있다고 너스레를 떨어보지만
마냥 그럴 수가 없음을 깨닫습니다.
인생의 시계는 벌써 가을이라는 계절의 변방을 지나가
고 있기 때문입니다.
헐겁게 쓴 시간들을 후회해 보지만 돌아갈 길은 이미
끊어졌으니 오던 길 내처 가야 한다고 마음 다잡습니다.

설익은 희나리를 세상에 내놓는 지금, 시신경을 오래 누
르던 과거의 밑줄 위로 보이지 않던 새 문장이 오롯이
돋아나기를 소망해 봅니다.
시조라는 너른 길을 함께 걸으며 곁을 내주신 많은 분
들에게 고마움 전합니다.
깊어진 가을빛 속에서, 이제 남은 길에 새로 밑줄을 치
려 합니다.

2023년 만추에
김귀현

| 차례 |

2부

3부

4부

1부

신발장 속 하이힐

한 뼘 더 높은 허공에
자존을 걸어두고

깎아지른 벼랑 위로
자신을 내몰던 삶

끝끝내 닿지 못했던
절벽 위 빛나던 별

첨단으로만 질주하던
욕망의 주파수여

아직도 푸르던 날
회로는 살아 있어

반란을 꿈꾸고 있나,
내 청춘의 블랙박스

비보호좌회전

줄서기에 아둔해서 세상살이 버거운데

목숨값을 담보하고 순간에 재야 하는

비보호 그 앞에서의 경직되는 신경줄

내 생의 차바퀴는 선 밖일까 안쪽일까

등 떠미는 속도에 분간 못 한 안전선

건너갈 푸른 손짓은 언제나 짧았었지

고비마다 나타나는 직진 아닌 꺾이는 길

땀 절은 페달에 삶의 무게를 얹고서

아무도 보호해 주지 않는, 이 길을 또 선택한다

닳아간다는 것

가을이 닳고 있다, 바스락 바스락

몸살을 앓으며 시간이 닳고 있다

또 한 번 나이테 더하는 내 목숨도 닳고 있다

주변의 모든 것들이 나를 위해 닳아간다

신발이며 옷이며 책상이며 자동차까지

모두가 닳아가면서 말이 없다 생색내지 않는다

자신만을 위해 닳아온 시끄러운 나의 소리

깎을 새 없이 닳아 있던 엄마의 손톱처럼

이 가을, 누군가를 위해 말없이 닳아지기를

분재의 삶

비바람에 뒤채이어 뒤틀린 내 모습을
찬찬히 살펴보던 선해 뵈던 눈썰미가
짐작도 하지 못했다, 프로크루스테스 침대*인 줄

방부 처리된 뉴스에 이명이 깊어져서
창밖으로 귀를 열고 촉수 뻗어보지만
싱싱한 세상 풍문에 끼어들 수 없었다

울울창창 먼 꿈이 낮달로 걸린 오후
잘려 나간 뼈마디에 환상고통 도져오고
불온한 탈출의 결기 담벼락에 튕겨진다

부황 든 목숨일망정 생존은 지상 명제
운명에 도리질하며 뻗쳐 나온 뿌리들
제 한 생 얽어매던 굴레, 금 간 화분 감싼다

* 자기 집에 들어온 손님이 침대 길이보다 키가 크면 잘라내고 작으면 늘여
서 결국 모두 죽였다는 그리스 신화 속의 인물.

단풍의 미학

가벼워지는 계절의 그림자 위에 펼치는

어느 노승의 다비 같은 붉은 제의

천천히 적멸 한 채가 사위어가는 중이다

사유처럼 낙관처럼 낙엽 한 잎 내려와서

욕망 한 줌이 끌고 온 미완성 내 문장을

말없이 어루만지며 마침표를 찍고 있다

어떤 유서

한여름의 정수리에
쏟아붓던 울음소리

온몸이 텅 빌 때까지
울고 또 울고 나서

투명한 울음의 유서
가벼이 남겼구나

탈속인지 탈진인지
한 소절도 해독 못 할

빈 껍질로 남겨진
극점의 삶 유서 위에

여름내 무겁기만 하던
내 시 한 줄 얹어본다

중간 정산

어림셈으로 짚어보는 살아온 시간들
갈수록 밑지는 장사, 가성비 낮아지는
기울은 대차대조표
어쩐지 억울하다

고도 난시 렌즈 속에 굴절된 세상일들
보탤 곳과 빼낼 곳 헛손질만 한 것인가
받아 든 삶의 명세서에
떨이 못 한 재고품만

빈손으로 왔으니 손해 본 것 없지 않나
부처님 셈법 대입하며 계산기를 덮는데
걸어갈 종심소유구,
부채負債처럼 무겁다

집수리 유감

봄바람 들이는데 거슬리는 문풍지
적폐물 청산하듯 화다닥 떼어내는데
아뿔싸! 창틀이 흔들흔들 조짐이 심상찮다

미리미리 살폈으면 이 사달은 없었을 터
벽체까지 바꿔야 한다는 시방서 받아 들고
가계부 걱정해 보지만 한발 늦은 후회일 뿐

이순의 고갯마루 어칠비칠 넘으며
검버섯 핀 세월에만 쌍심지를 켰을 뿐
뼛속에 바람 드는 줄 까마득히 몰랐었다

세상 말에 순해지기보다 이명이 점령한 귀
삐걱대는 관절과 한계 넘은 건망증까지
대간이 기울어져서 수리가 힘들다나

낭만에 대하여*

한 송이 꽃에
생이 출렁거렸을 때가 있었지
봄꽃이 질 때까지만
머무는 바람이라 해도
첫사랑,
그 말의 여운은 그늘까지 달콤했었지

가지 찢긴 설해목에
눈물로 새기던 이별
쓰디쓴 풍경들을 보랏빛으로 왜곡하는 건
세월의 변방으로 밀려온
생에 대한 페이소스

돌아올 사람 없는 뱃고동 소리 기다리며
추억을 소환하며 하릴없이 늙어가는 것도
달콤함,
그 말이 품은 삶의 그늘은 깊고 넓다

* 가수 최백호 노래.

늦가을, 에필로그

수만 마리 나비 떼의 진혼무가 펼쳐지는
눈부셔 외려 슬픈 낙엽들의 환한 이별
뜨거운 생의 서사가 노을빛에 걸렸다

마지막이 더 아름답게, 욕망은 여기까지
비움이 채움이고, 채움이 비움이라는
윤회의 매듭을 묶어 동안거에 드는 나무

유채색 사유들 무채색으로 침잠시켜
주름 깊은 등뼈 속에 나이테로 새긴다
내 자서 끝 페이지에 복붙하고 싶은 경전

차심

물을 붓자 선명하게 드러나는 무늬는
도무지 해독 안 되는 당신 손금 같은데
찻잔을 흘러간 물의 혼이 박힌 거라네

오래된 찻잔일수록 향기가 깊어지듯
속 깊은 은유 하나쯤 간직하고 싶어서
혜식은 저물녘 삶에 찻물을 따른다

나에게 부딪혀 굳어버린 언어들
시리게 친 밑줄 만다라로 풀어지면
언젠가 내 시의 행간에도
말의 혼이 박힐까요

등 뒤

앞서가는 사람의 굽은 등 바라보며

어리석은 삶을 산다고 비난한 적 있었다

등뼈가 휘어지도록 탐욕을 부린 거라고

환한 곳에 나가면 등 뒤로 숨는 그림자

빛을 등지고 돌아올 때 마주 볼 수 있었다

비대칭 무너져 있는,

꼿꼿한 줄 알았던 내 등

11월

다시 한번 도전할까,

아니야 너무 늦어

갈등의 행간에서

저울질을 하는 사이

겹으로 친 금줄 사이로 새 나가는 저 시간

건너편

횡단보도 앞쪽은 건너편인가 맞은편인가

신호등 켜지는 동안 개념 정리 해보지만

같은 편 같기도 하고

다른 편 같기도 한 너

건너편 불빛으로 설렐 때도 있었지

흔드는 손의 표정이 기쁨인지 이별인지

맞은편 저 건너편은

누구 편도 아닌 편

백로

정점에 닿은 수은주 하산을 서두르고
벌레 먹은 잎사귀 단풍이 먼저 든다

숨기고 싶은 죄목은
그렇게 탄로 났다

화라지도 안 되는 더께 앉은 욕심들
맑은 이슬 한 줄기에 민낯이 드러났고

버리고 갈 목록들이
또 한 페이지 늘었다

허기를 못 채워도 은빛 날개 더럽히랴

풀잎에 맺힌 이슬에 날개 씻은 해오라기

늦더위 한 자락 물고 간
백로 하늘 파랗다

어떤 부활

하루치 찌든 얼룩이
통 속으로 던져진다

세상살이 황사 먼지에
얼룩진 일상이

온종일 삼킨 매연을 울컥울컥 토해낸다

삶이란,
혼란의 소용돌이 속에서

제 상처 핥으면서
완성해 가는 거라고

앙가슴 서로 다독이며 재생을 시작한다

캄캄한 블랙홀을

얼마나 돌았을까

뽀송해진 자존심이
밭은 숨을 고르고

맞서야 할 내일을 향해 날개를 다시 편다

2부

벚꽃 지다

화르르 피었다가
하르르 지고 있는 벚꽃

꽃잎을 꽃과 잎으로 나눌 수 있을까

너라는 화두에 꽂혀
그 환한 봄날 다 보내고

요양원 일기

가족처럼 모신다는 광고 걸린 요양병원
백 세 꿈에 저당 잡힌 또 한 생이 기탁된다
이승의 마지막 주소 적어두는 통과의례

제 나이 헤는 것이 죄짓는 것만 같아
세상사 인연의 끈 스스로 잘라내는
허공에 붙박은 시선이 한순간 흔들린다

세월에 잘린 기억들이 꽃잎처럼 흩날리고
얕은 꿈길 언저리에서 무너지는 생의 나이테
노을 진 서녁 하늘에 붉은 별이 돋는다

유감, 백 세 시대

머리 염색 눈썹 문신 청바지에 빨강색 셔츠
평생에 첨 해보는 광대짓도 마다 않고
자식뻘 면접관 앞에서 다소곳이 조아렸다

산업의 역군이었다 곧추세운 오기로
구직자 긴 줄 끝에 소원지所願紙를 묶었지만
끝끝내 합격자 명단이 외면한 이름 석 자

나이 차별 직종 제한 빛 좋은 백 세 시대
떨어지는 자존심, 바닥난 통장 잔고가
숫자에 불과하다는 일흔셋을 울린다

여름 우포

흐르기를 거부한 시간이 여기 있다
억겁의 세월이 그림처럼 정지되어 있는
문명의 치외법권지역, 일억 년 전 원시림

칠십만 평 화선지에 초록 물감 쏟아놓고
갓 피어난 가시연꽃에 붓질하는 저 햇살은
눈부셔 숨 멈추게 하는 신이 보낸 화공인가

딛고 선 그 바닥이 너겁임을 알아채고
온몸으로 씨줄 날줄 그물 짜는 물풀들
모서리 진 내 마음도 물 무리로 풀어진다

때 묻은 신발 벗고 징검다리 건너가서
저 침묵의 카펫 위에 한 생을 뉘어볼까
이 여름, 무정부주의자로 푸른 잠에 들고 싶다

생명의 서序

−우포늪

시작과 끝 묻지를 말라,
신의 뜻이 잉태된 곳
푸르게 뻗는 탯줄에 내장된 타임캡슐
장엄한 시원始原의 서사
뭇 생명에 타전한다

태곳적 모스부호에
감응하는 물풀의 몸짓
왕버들 우듬지에서 반짝이는 초록빛은
생명의 본질을 이어가는
신성한 물의 아우라

살아 있는 것들은
모두 물을 먹고 산다
가닿는 자리마다 잎이 피고 꽃이 핀다
일억 년 마르지 않은 젖줄,
겁劫을 향해 길을 낸다

그해 봄

불길한 예감은 적중률이 높았었지

바이러스 습격에 경제 한파 쓰나미까지

닫혀진 철문 앞에서 길을 잃은 작업화

위험수위 다다른 돌잡이 분윳값 지수

빅브라더 완장에 핏대 붉게 외쳐봐도

언택트, 그만큼 멀어진 갑과 을 생존 방식

회전문 돌고 돌다 다 낡은 구인 광고지

끝없는 희망고문에 감염된 이력서

비바람 퍼붓는 이 누구인가!

황사 먼지 끼얹는 이는!

마스크 시대

바이러스 차단에만 필요한 게 아니었다
팬데믹 노동시장에서 밀려난 어느 가장
구겨진 자존심 감추는 익명의 섬이기도

카드 빚 돌려막기 뒷사람이 보고 있을 때
할인품만 골라 담아 계산대에 섰을 때
때 없이 뒤틀리는 심사 가려주는 벽이기도

실업급여 창구에서 인력시장 뒷줄에서
안면 트기 거부했던 마스크에 숨긴 남루
못내는 서로를 보듬었다, 봄은 다시 온다고

한 평 섬에 살던 남자
– 코로나 고독사

다리 펴고 누우면
발끝이 벽에 닿는
사람이 가득한 무인도 고시원 1인실
N호실 부장품으로 스스로를 유폐했다

시간의 사체 속에서 섬 속의 섬이 되어
벽 하나 사이에 두고
사흘 만에 알려진 죽음
최후의 만찬이었을 박카스 병만 덩그러니

살아도 산 적 없는 익명의 세상에서
코로나 N번 사망자로 고향에 돌아온 남자
삼십 년 섬으로 산 아들
무엇을 슬퍼해야 하나요

반지하 탈출기

−수원 세 모녀 사망 기사에 부쳐

햇볕도 외면하는 모멸의 시간 속
절대 빈곤 위력 앞에 반쯤 꺾인 목숨줄
어둠은 밀어낼수록
깊이를 더했지요

찢긴 상처 밟고 가는 반짝이는 구둣발 소리
세상으로 통하는 길 모두 막힌 사각지대
벽에 핀 곰팡이처럼
삭아지길 바랐나요

햇살론, 행복주택은 지상에만 사는 언어
마지막 죄목이 된 석 달 치 밀린 방세
한 계단 세상을 오르는 데
세 목숨을 바쳤군요

제철 생선

한 평짜리 어장에서 방생된 물고기들
붕세권 골목 따라 개장 소식 전하면

썰물 때 놓쳐버릴라
미식가들 몰려든다

세상사 앙금을 삭혀 황금빛 금붕어로
한 부모 가장 여주인의 미다스 잽싼 손길

역세권 부럽지 않다
이만하면 대박이다

헛헛한 긴 세월 함께해 온 서민 간식
퇴근길 어느 가장 따듯한 가족 사랑

갈색빛 봉투에 담겨서
고소하게 부푼다

통일전망대

디지털 망원경 북쪽 향해 정조준하고

칠십 년 한을 담아 당겨본 북녘 산하

남녘 땅 한 귀퉁이처럼 눈에 설지 않은데

진경산수화로 펼쳐지는 금강산과 해금강

눈앞의 고향 땅 피붙이 그리는 마음이

돌아갈 시간 재촉에도 동전 다시 넣는다

천륜이 끊어지고 동포애가 막힌 여기

천추에 용서 못 할 전쟁광의 망령이

스스로 거꾸러지는 기적을 빌어본다

풍장

까마귀 떼 지청구가 얼어붙는 들판에서
철 지난 옷 걸치고 찬 바람 맞는 허수아비
화려한 역할극에서 발목 빼지 못했구나

심장 없는 너를 부려 사람이라 홀려놓던
농부는 무심하게 다비도 생략했고
바람 속 더딘 소멸은 오욕을 보탰으니

추수와 함께 끝나버린 허수아비 존재 같은
명퇴당한 어느 가장 흔들리는 눈길이
다 삭은 밀짚모자에 오래도록 머문다

빨라도 5분

등덜미 낚아챌 듯 달려오는 뒤차에

화들짝 놀라며 2차선으로 밀려나니

빨라도 5분이라는 현수막이 보인다

디지털 시대 광속도에 중독된 차량들

날 세운 발톱 앞에 죄지은 듯 기가 죽어

수없이 길을 내준 나,

정시에 도착했다

개망초*

봄꽃 이운 유월 들판에 만발한 개망초꽃

외씨풀때기 천덕꾸러기가
풀꽃 향연 주빈 되어

눈부신 초록 카펫에 십자수를 놓고 있다

밉네 싫네 하면서도 곁을 내준 인심 있어
첫 번째 여름꽃으로 등판을 하였건만

망국초 억울한 이름,
천형처럼 남아 있네

코리안드림 찾아온 낯선 이름 다문화
이 땅에서 피어야 할 또 다른 개망초꽃

섣불리 붙여준 이름
낙인 될까 우려된다

* 국운이 쇠하던 한말에 우리나라에 들어온 외래종 식물로 '나라를 망하게
한 풀'이라는 뜻에서 망초라는 이름이 붙었다고 함.

진달래 편지

꽃물 밴 치맛자락에 풍류가 남아 있어
눈 녹는 등성이마다 꽃자리를 펼치는데

사쿠라 휘황한 눈속임에
세상은 눈이 멀고

흥청대는 쇼윈도 속 때도 없이 피는 꽃에
봄소식 전령사 자리 일찌감치 빼앗긴 채

저만큼 물러나 앉아
눈시울만 붉히고 있다

내 누이 앞섶에 밴 핏물 같은 그 이름
참꽃이라 불러주던 흰옷 입은 사람 위해

이 봄도 분홍빛 엽서로
만산을 물들인다

북어

이름 따라 변신하느라 고난도 많았겠지
제사상에 진설된 도톰한 황태 한 마리
지나온 길 더듬는지 눈빛이 몽롱하다

몰아치는 광풍에 삶의 터전 빼앗기고
난바다에서 이어온 목숨, 국적조차 잃었지만
반겨줄 한국인 입맛 위해 그 먼 길 왔었구나

얼다 녹다 반복하며 한겨울을 견뎌내고
온몸의 살이 터지도록 두들겨 맞은 후
황태로 다시 태어난 너는 비린내조차 버렸구나

함부로 말하지 말라, 비싸다고 싸다고
죽어서도 쉬지 못하고 변신을 거듭해 온
황태가 되기까지의 저 장엄한 서사시 앞에서

신문을 접으며

주가도 바닥을 치면 반등을 한다는데
이 막장 드라마는 어디까지 추락할까
새롭게 쌓이는 적폐가 세상을 뒤덮는다

적반하장 내로남불은 가십 아닌 기본기
판치는 가짜뉴스 표 된다면 너도나도
온몸이 발가벗겨져도 부끄러움을 모르는데

정의도 공정함도 파벌 따라 조변석개
국민이 죽어가는데 목불인견 자화자찬
기울은 운동장에서 무너진 정론직필

민주화 허울 속에 저당 잡힌 국민의 뜻
침몰하는 나라 보며 억장이 무너진다
역사는 발전한다는 믿음, 너무나 순진했나

탄식, 우공이산

도심 속 산들이 거짓말처럼 사라졌다

천제보다 힘이 세진 자본의 이빨 앞에

신통력 잃은 산신들은 곡소리도 못 냈다

종주먹 쥔 현수막이 산허리에 내걸려도

하늘만큼 높아가는 천장크레인 위력은

도시의 돈맥을 잡고 희희낙락 웃고 있다

새들의 집을 부수고 무덤을 파헤친 자리

그곳에 세운 빌딩에 숨통 막힌 도시여

고사 속 우공이산은 인생의 지침이었는데

3부

본적을 팔다

발효된 슬픔들이 고여 있는 고향 집터
제값 날 때 팔아야 한다는 부동산 시장판에
어설픈 귀거래사 따위
끼어들 틈은 없었다

이력서 첫 줄에 꾹꾹 눌러쓰던 그 본적
내 삶 푸른 시간이 그리움으로 박혀 있는
그곳을 그렇게 버리다니
내가 늙어 죽기도 전에

세상에 뒤채일 때면 회귀하는 연어가 되어
아버지 손등처럼 쓰다듬던 낡은 문패
이제는 지상에 없는
본적이란 그 이름

어머니의 매듭

어머니 생각날 때 때때로 꺼내 보는

하얗게 색이 바랜 매듭 장식 복주머니

사십 년 긴 세월 동안 자식 발복 빌고 있다

해져가는 살림살이 손끝으로 여미시며

나비무늬 매듭 코에 올올이 새긴 기원

꽃길만 걸어가거라

나비처럼 날거라

무덤가 고사리

겨우내 쓴 봄 편지 도르르 말아 쥔 채

자식들 삼동 안부 까치발로 기다린다

저승길 떠나왔어도 끊지 못한 그 사랑

청명 한식 지나가도 닿지 못한 발걸음

베적삼 옷고름 풀려 봄날이 저무는데

봄 편지 도르르 말아 쥔 손 펴지를 못하네

초파일 가성비

일 년에 단 하루만 절에 가던 어머니
이고 온 쌀 한 됫박 부처님 전에 올려놓고
삼백 석 공양미인 양
삼천 근 소원 빌었다

경전 한 줄 못 외어도 기도는 영험했다
지성심 아우라 속 순한 세월 흘러갔고
짧다던 그 딸 명줄도
칠순을 넘겼으니

부처님 음덕도 금전으로 재는 세태
극락왕생 기원 연등 뒤늦게 올리면서
가성비 따진 불효가
목젖에 걸리던 날

콩깍지의 고스톱

가신 지 사십 년 된 아버지 제삿날
콩깍지 떠난 완두콩들 한자리에 모였다
해서체 가르침 말씀 흘림체로 풀어놓고

생활의 주름살 검버섯 핀 세월 따위
한순간에 날려 보내는 마술이 펼쳐진다
'아버지 고스톱판은 화투가 아니어요 ㅋㅋ'

약해진 몸과 맘이 서로 딴전을 피우지만
콩깍지 다 부서져도 언덕이 되는 피붙이들
광피박 다 써줄 테니 이 판을 깨지 말라

누름돌

푸성귀가 주찬이었던 어머니 부뚜막
단단하고 납작한 돌멩이 몇 개 있었다
짜디짠 세월을 견딘 어머니와 닮은 돌

켜켜이 잰 풋것들 그 돌로 눌러두면
인내의 시간을 거쳐 장아찌로 거듭났다
지금도 혀끝을 맴도는 어머니 그 손맛

곰삭히고 익혀야 제맛 나는 장아찌처럼
허방 짚는 자식들 제자리에 앉히기 위해
어머니 가슴속 돌들 까맣게 변색했었지

어머니 멈춘 시간 속으로 사라진 누름돌
내 마음에 스며들어 향기를 문신하듯
길고 긴 세월의 강에 디딤돌이 되고 있다

봉숭아 꽃씨를 심어놓고

고향 집에서 받은 꽃씨 화분에 심어놓고

추억을 물들이던 한 소녀를 기다리는데

봄꽃들 다 이울도록 소식이 감감하다

꽃의 시간으로 가는 길 이미 끊긴 것일까

폐가의 내력 지키려 돌아가고 싶은 걸까

수없이 질문 던져도 풀리지 않는 의문부호

먼 약속 못 지킨 나, 단죄하고 싶은 봄날

흐릿한 손톱 반달에 잡념만 돋아나고

그렇게 나도 싹 틔우지 못하는 폐화분이 된다

고향 마을 당수나무

고향 마을 들판에 늠름한 상수리나무

사백 년 세월에도 변함없이 푸르다

생산도 새마을도 다 끊겨
소멸로 가는 마을에

한때 잎사귀만큼이나 많은 사람 살던 마을

떠난 사람 남은 사람들 굴곡진 사연들을

낱낱이 매달고 있는
마을의 수호신

낯선 얼굴 오고 가는 당수나무 아래서

잃어버린 고향 지분 아프게 떠올리며

마지막 내 수구초심
좌표를 찍는다

군자란 품격

칠팔 년째 분갈이 않은 거실 구석 화분
나날이 얇아지는 여인이 살고 있다

피와 살 다 녹여내어
월계꽃을 피우던 여자

끝끝내 놓을 수 없는 생명의 의지인가
화사한 봄 햇살이 꽃바람을 몰고 온 날

파리한 잎사귀 사이로
고개 내민 붉은 꽃

꽃 피우지 못한 뒤로 눈길 한번 못 받아도
궁벽한 땅에 내린 뿌리 인내로 버티며

사는 건 견디는 것이라고
다독이던 어머니

그리운 풍경

사랑채 지붕 위에 하얀 박꽃 피어나고

도덕경 낭독하는 아버지 목소리가

모깃불 연기에 실려 마당을 빠져나갔지

할 때마다 달라지는 엄마 이야기 들으며

보릿짚 멍석 위에서 잠이 들던 동생과 나

달나라 토끼 한 마리 새도록 방아를 찧었다

돌아가고 싶다 그 환하던 고향 마을 달빛 속으로

동요 속 계수나무가 살아 있던 시절로

인간의 거친 발자국

달에 찍히지 않았던 때로

달맞이꽃

빈집 창호지 문에

꽃무늬 엽서 한 장

몰래 읽던 하현달

눈시울이 붉어졌다

대낮엔 드러낼 수 없는

뼈 다 삭은 그 사연

내 고향 토성리

한반도의 대동맥 백두대간 끝자락에
상서로운 기운 품고 날아오르는 학 한 마리
그 힘찬 날갯짓 따라 해가 뜨고 지는 마을

토성 쌓아 외침 막던 끈질긴 천성으로
조상들 지문 박힌 땅 지켜가는 사람들
왜가리 날아드는 들판 이랑마다 젖이 돈다

소 몰던 아이들 대처로 떠나가고
소금쟁이 맴돌던 샘 마른 지 오래지만
보호수 당산나무는 나날이 더 푸르다

숨 가쁜 세상 속도 주름살 깊어져도
세상살이 힘들수록 정은 더욱 깊어져
나직이 어깨 기대고 오순도순 사는 마을

사진첩을 정리하다

부활의 꿈 잃어버린 박제된 순간들이

백야 속 몽유처럼 시야를 흐리는데

여백에 적힌 글귀들 시간의 벽을 넘는다

내 삶 필름에 투사된 그 많은 사연들

커피처럼 달고 쓰던 만남과 이별들을

빈곤한 나의 언어는 추억이라 요약했다

나도 한때는 맹목의 사랑 지상주의자

'부르다가 내가 죽을 이름'*을 지우며

몇 장의 삶을 잘라냈다, 애도사 한 줄 없이

* 소월 시 「초혼」에서 인용.

첫눈의 영상

천 리 길 경계를 덮고

캄캄한 시간을 달려와

내게만 들키려고 서성거린 발자국

내 심상 얼어붙는 지점에

꽂혀 있는 흑백 필름 한 컷

발에게

어려운 길 만나면 너부터 밀어 넣고
탄탄대로 아니면 나 먼저 돌아섰지
지름길 못 찾은 우둔함은
네 탓으로 돌리고

비포장길 생의 황도 한 바퀴 도는 동안
휘어진 발가락 굳은살 박인 발바닥
한 번도 수고했다고
말한 적이 없었구나

아무도 주목하지 않는 가장 낮은 곳에서
사막의 낙타처럼 길을 내던 길라잡이
한세상 중심 잡아준
내 생의 주춧돌

비 오는 날의 캠프파이어

끝이 시작되고 있었다
못이 박힌 각목에서
어둠 속에서 비를 떨치며 일어서는 불꽃
열기가 습기를 이긴 거라고 누군가 말을 했다

이별이 만남의 시작이라는 신화가
불꽃 속에 피어나는 여름밤 숲속
불타는 화선지로부터 허공이 불려 왔다

사슴이 쓰러지자 갑작스레 찾아온 고요
더 타고 싶다면 이미 불꽃이 아니란 걸
뼈대만 남은 대못이 물결무늬란 걸
끝나야 보이는

칠석

지상의 지도로는

찾을 수 없는 사랑 찾아

황도 십이궁을 떠도는 내 그리움

오늘 밤 먼 전설을 만나

은하를 건너는가

토종 민들레

굴러온 돌이 박힌 돌 뽑아낸 현장
화려한 외래종에 사월 들판 다 내주고
후미진 고샅길에서 봄을 앓는 노란 등불

빛나던 사월의 유산 설 자리를 잃어가고
뉴 노멀 21세기 숨 가쁘게 변해가도
이 땅의 봄을 지키는 마지막 보루였다, 넌

길이 끝난 곳에서도 길을 여는 어머니
반만년을 지켜온 솜털 씨앗 영토에서
민초들 질박한 삶이 또 한 세대를 이어간다

4부

산사 동백

눈 덮인 절 마당에서
피 묻은 유서를 읽다

허공에 칼금을 긋던 부를수록 아픈 이름
다시는 부르지 않겠다, 돌아보지 않겠다

치사량의 독배 같은
단말마 비명 같은

첫 마음 등신불로 굳혀 열반에 들고 있는
동백꽃 장렬한 최후
붉고 붉은 화인이더라

줄장미

뇌관이 터졌나 폭발하는 핏빛 심장

히어로 앞에 펼쳐진 눈부신 붉은 카펫

저렇게 산화한다는 건 악마의 유혹이다

아, 저것이 불꽃처럼 사라지는 소멸일지라도

초록빛 도화선의 불을 끄고 싶지 않은 봄날

심장에 박힌 가시도 축복처럼 황홀하다

능소화

골목 첫 집 담장이
화염으로 휩싸였다

생목숨 활활 사르는
검붉은 정념의 넋

온몸을 내던진 울음
골목길에 낭자하다

담장 너머 세상은
다시 또 벼랑인데

순결을 더럽히랴
숭어리째 지는 목숨

하늘을 능멸한 사랑이
달구고 있는 여름 한낮

벚꽃의 시간

숨었던 열정이 휘모리로 타오른다

몽환 속 도원 같은 꽃그늘에 앉으면

금도끼 다 썩는다 해도
그 꿈 깨고 싶지 않아

찰나에 초점을 맞춘 절정의 만다라

황홀한 꽃 사태에 무작정 투항이다

너와 나 짧은 인연도
벚꽃일 수 있을까

펼쳐 든 손바닥을 스치며 지는 꽃잎들

망설이다 놓친 것이 어디 사랑뿐이냐고

이 봄날 마냥 누추한 삶,
세월 탓만 아니더라

호수

그립다는 말, 한가운데 돌을 던진다

기슭에 닿기도 전에 사라진 파문은

내 마음 열고 들어와 하염없이 맴돌고

봄눈

날이 새면 온통 세상이 바뀐다는 소문에

천지간 분간 못 하고 맨발로 달려왔어요

미련의 속앓이란 건 모른 체해 주세요

새도록 창밖에서 그대 꿈속 지키는 동안

그리움이 녹아내려 발목을 적시네요

내 사랑, 다시 또 한 번 언약 받고 싶었어요

연꽃 가게

세공 잘한 보석들 초록 좌판에 올려놓고

환한 홍등 내걸고 관광객 호객한다

왕눈이 청개구리는 수정구슬 감정 중

월정교

신화로 숨었던 역사가 달빛에 돌아왔다

남천강 물에 비친 달빛 정령의 황홀한 자태

천 년 전 그 옛날에도 저렇게 화려했으리

사랑을 얻는 것도* 버리는 것도**

천 년 사직의 대의였다

삼국유사 행간을 나온 풍운아의 로맨스가

천 년 후 신라인들의 가슴을 적시는데

이 다리 함께 밟는 정인이여! 벗이여!

신라의 달빛 내린 문루의 고운 단청에

또다시 천 년을 이어나갈 새 역사를 쓰자

* 원효와 요석공주 설화.
** 김유신과 천관녀 설화.

석상

돌아갈 곳 잊은 시간에 낙엽이 지고 있다

황혼 지는 공원 벤치에 기대앉은 굽은 등

상처가 덧나지 않았나, 마른 손을 잡아본다

드러내지 않아도 다 보이는 겨운 세월

말없이 눈길 건네는 노부부의 그림자

세월이 완성해 가는 한 폭의 수묵담채화

등불이 켜지는 곳

– 역동선생 유허비 앞에서

시조의 효시를 찾아 단양 땅 찾아와서
옛사람이 걷던 길을 내 오늘 걸어보네
유장한 역사의 길목에 등불이 켜져 있는 곳

절차탁마 학문으로 백성을 깨우치고
목숨을 버릴지라도 불의에 항거했던
이 땅에 선비의 정신 푸르게 세우신 분

암벽에 오롯한 탄로가嘆老歌를 읽으며
뒤엉킨 세상일들 한 줄 시조로 풀고 나니
이 난세, 지부상소문을 올릴 그분이 그립다

하늘이 내리다

－홍의장군 곽재우

하늘도 통곡했을 임란 역사 따라가다
전설 같은 민초들의 승전보를 듣는다
정암진 나루터에서 오백 년 전 그 함성을

'하늘도 무심타'란 말 여기서는 하지 말라
밀려오는 먹구름에 태양도 빛을 잃었을 때
하늘은 신장神將을 보내 이 땅을 지키셨다

벌판을 내달리는 부릅뜬 붉은 옷자락
치솟는 의분은 그보다 더 붉었어라
그 이름 천강홍의장군, 스스로 새긴 화인火印

잊고 싶은 나라 걱정 현판 위에 올려놓고
'의병은 싸울 뿐, 승리를 자랑하지 않는다'는
그 말씀, 난마 세태에 죽창 깎듯 새긴다

반가사유상 앞에서

결가부좌 아니어도 사유는 완성되어
극락정토 어디쯤에서 만다라가 피고 있나
마침내 해탈을 찾은 듯 저리 깊은 미소여

깨달음의 순간에 치켜올린 발가락
연화대 꽃잎에 새긴 상락아정*의 기품이
신라인 불심에 스며 천년으로 이어지고

화엄 세상 다 덮는 깊고 높은 사유의 향기
미망으로 잊어버린 경 한 구절 불러내나
과욕심 내려놓으면 우리 모두 부처라고

* 불교의 진여법계의 네 가지 덕목. 연꽃의 특징에 비유함.

간송 미술전 관람기

1. 풍악내산총람楓嶽內山總覽
일만 이천 기암봉들 수려한 명승고적이
한 점 화폭에 담겨 전시장에 펼쳐 있다
서릿발 필봉 휘둘러 내금강을 옮겨 온 이는

2. 풍죽風竹
바람에 맞선 대나무
튕길 듯 휘어진 가지

범접할 수 없는 기개에 숨이 멎는다

오백 년 시공간을 넘는
묵향 천 리 인향 만 리

3. 야묘도추野猫盜雛
숨어든 도둑고양이 병아리를 채어 가자
어미 닭과 주인 부부 한편 먹고 야단법석

고향 집 안마당에서
가끔씩 일어나던 풍경

월영교

죽음도 갈라놓지 못한 사랑이 여기 있네
이 다리 건너가면 이저승 인연 이어질까
머리칼 올올이 뽑아 삼은 그 미투리 신고서

지고지순 그 사랑 무덤 속 사백 년이
붉디붉은 노래 되어 영원을 수놓아서
사랑의 바이러스를 온 세상에 퍼트린다

세상에 단 한 사람 하늘이 맺어준 사랑
달빛이 증언하도록 자물쇠로 채워두고
님이여! 달그림자 밟으며 이 다리 건너가자

무녀도

- 김동리 탄신 100주년 기념사업

복사꽃잎 흘러드는 봄날의 예기청소

이 고장 전설이 된 모화의 넋 생각하며

국문학 대간을 세운 선생님을 기립니다

혼돈의 사회에 벌거숭이로 내던져진

천형을 타고난 영혼들, 칼날 위의 삶을

뜨거운 인간애로 승화시킨 천의무봉 서사시

금동 신발 주인에게

황남동 고분 120-2호 돌무지 덧널 무덤집
천삼백 년 순장되었던 죽음의 세월이
새로운 생명으로 태어나 우리에게 왔군요

천 년을 걷고 걸어 우리에게 온 당신은
금척으로 나라를 다스리던 왕이었거나
장안의 뭇 여인들이 흠모하던 화랑이었거니

인연 깊은 손길에 피가 도는 금동 피부
이제는 한낱 장신구가 아니어요
신라의 얼을 전하러 온 귀중한 메신저

금동 달개 무늬에 담긴 주술을 풀어내면
천 년을 내다보는 밝은 눈을 얻겠지요
당신을 만난 기쁨에 서라벌이 다시 환합니다

도서관에 가면

자신에게 말을 걸어주기를 기다리는
관심 있는 손을 내밀어 주기를 기다리는
수없이 많은 사람들이
나를 향해 줄을 서는 곳

오로지 나에게 선택되기를 기다리다
선택되지 않아도 화내지 않는 사람들
언제나 마음 맞는 사람들과
대화할 수 있는 공간

말을 걸기 위해 기다리는 목소리가 있고
말을 하면 누군가가 들어줄 거라고 믿는
수만 년 계속돼 온 대화,
그 일원이 되는 곳

양파 여자

속속까지 벗겨봐도

맺힌 마음 없는 듯해

속없다 얕잡아 보며

무딘 칼날 대었더니

숨겨둔 비장의 향기로

눈물 쏟게 하는 여자

그리움으로 읽는 너라는 화두

이희정 시조시인

> 화르르 피었다가 하르르 지고 있는,
> 너라는 화두에 꽂혀
> (「벚꽃 지다」에서)

1.

기꺼이 출렁이며 피워내겠다는 청춘의 꽃과 잎의 순간이 있다. 이것은 생의 페이소스pathos가 그려낸 내면의 풍경이다. 생과 멸, 중심과 주변부의 두 풍경을 오가며 추려 담은 시인의 블랙박스를 열어본다. 그것은 하릴없이 추억을 소환하며 늙어가는 달콤함을 발견하는 일만은 아닐 것이다. "달콤함,/ 그 말이 품은 삶의 그늘은 깊고 넓다."(「낭만에 대하여」) 그래서 애잔하다. "유채색 사유들 무채색으로"(「늦가을, 에필로그」) 등뼈 깊이 새겨진 나이테는 빛과 어둠이 그려내는 현주소의 풍경이 아닐까.

『너라는 화두』는 김귀현 시인의 첫 시조집이다. 오래전 발표
한 시집 『꽃이 진 자리』(뿌리, 2012)가 본적지로서의 향수 가득
한 서정을 품었다면, 이번 시조집은 그러한 서정의 토양 위에
서 매 순간 만나고 헤어지는 것들에 대한 현주소의 사유를 머
금고 있다. 너무 쉽게 소유하고 또 너무 빠르게 잊는 것이 현 세
태의 일이라면, 그것이 주는 질문들은 '쓸모없음의 쓸모 있음'
의 사유다. 시인의 물 흐르듯 유연한 서술의 '주저 없음'은 여
전히 주효하다. 시인의 내면을 드나드는 풍경은 하나의 주제로
단정되지 않지만, 일상의 길 위에서 만나고 헤어지는 일들을
쓰고 있다는 사실은 분명하다. 거기에는 지상의 모든 생명체의
생과 멸에 대한, 특히 소외된 이웃을 향한 인간애가 곡진하게
담겨 있다. 인생을 쓰고도 달게 만드는 것은 예전과 다르지 않
다. 만나고 사랑하고 헤어지는 일은 사람과 사람, 자연과 뭇 생
명이 만나 만들어낸 무수한 길이 하는 일이다. 「등 뒤」「비보호
좌회전」「빨라도 5분」「중간 정산」「건너편」 등 이 시조집에는
유독 길에 관한 시가 많다. 그렇게 길 위에서 만난 당신은 때론
내 편이거나 반대편이거나, 위험하거나 혹은 믿지 못할 당신이
기도 하다. 이어지는 이 길을 누군가가 오고 있다.

한 뼘 더 높은 허공에

자존을 걸어두고

깎아지른 벼랑 위로
자신을 내몰던 삶

끝끝내 닿지 못했던
절벽 위 빛나던 별

첨단으로만 질주하던
욕망의 주파수여

아직도 푸르던 날
회로는 살아 있어

반란을 꿈꾸고 있나,
내 청춘의 블랙박스
　－「신발장 속 하이힐」전문

　허공의 높이를 잴 수 있다면 이것은 오버 더 힐Over-the-hill이
다. 여자에게 자존의 완성이 하이힐이라고 했던가. 얼마나 높
은 욕망이기에 허공에다 걸어둔 것일까. 저마다의 키 높이가
다르듯 욕망의 높이도 다르다. 화자는 "깎아지른 벼랑 위로/ 자

신을 내몰던" 때의 삶을 떠올리며 신발장 속 하이힐을 통해 "끝끝내 닿지 못했던/ 절벽 위 빛나던 별"을 소환하고 있다. "아직도 푸르던" 그때의 회로를 배선해 보려 "반란을 꿈꾸고" 있는 것이 아닌가 반문하며, 봉인된 청춘의 한때가 "욕망"이라는 이름의 주파수로 매복해 있다고 말한다. 여기서 '하이힐'은 고비를 넘어가 한때를 벗어났다는 안도의 의미도 있지만, 인생의 황혼기에 접어들었다는 조금은 쓸쓸한 내면의 풍경이기도 하다. 그 덕에 이 시조집이 견지하는 질문의 뿌리를 쫓는 일이 어렵지만은 않을 듯하다.

줄서기에 아둔해서 세상살이 버거운데

목숨값을 담보하고 순간에 재야 하는

비보호 그 앞에서의 경직되는 신경줄

내 생의 차바퀴는 선 밖일까 안쪽일까

등 떠미는 속도에 분간 못 한 안전선

건너갈 푸른 손짓은 언제나 짧았었지

고비마다 나타나는 직진 아닌 꺾이는 길

땀 절은 페달에 삶의 무게를 얹고서

아무도 보호해 주지 않는, 이 길을 또 선택한다
　－「비보호좌회전」 전문

　그렇지 않아도 생의 길은 좀처럼 중심을 잡기 어려운데 더군다나 하이힐을 신고 나선 길, 길 위의 그 길마저 위태롭다. '비보호'라는 말은 실로 무섭고 위험한 말이다. 어떤 선택이든 보호도 책임도 지지 않겠다는 합법적인 통보의 말이 아닌가. 시인은 "한 송이 꽃에/ 생이 출렁거렸을 때가 있었지"(「낭만에 대하여」)라고 낭만에 대해 말하기도 하지만 그가 나선 길, 비보호좌회전의 선택지 앞에선 결코 낭만적이지 않다. "목숨값을 담보하고" "비보호 그 앞에서" "신경줄"이 곤두선다. 삶이라는 무대는 연습 없이 "등 떠미는 속도"의 순간을 서는 것과 같기에 "고비마다 나타나는 직진 아닌 꺾이는 길"은 인생에서 막다른 길이 되기도 하고 터닝 포인트가 되기도 한다. 그렇다면 시인이 서 있는 자리는 "선 밖일까 안쪽일까." 시인은 선택의 순간에서 "아무도 보호해 주지 않는, 이 길을 또 선택한다"고 했다. 두려움에 떨고 있는가. 그렇지 않다. 그때가 바로 그 길을 건널 때라고, 보란 듯 과감하게 비보호좌회전을 하며 사라진다. "땀

절은 페달에 삶의 무게를 얹고서" 사라지는 뒷모습에서 그간
의 여정을 짐작한다.

2.

흔히 뒷모습의 사유를 통해 내면의 정황을 포착할 수 있는데,
시조집 전체를 관류하는 화두를 찾는다면 이 시가 그렇다.

앞서가는 사람의 굽은 등 바라보며

어리석은 삶을 산다고 비난한 적 있었다

등뼈가 휘어지도록 탐욕을 부린 거라고

환한 곳에 나가면 등 뒤로 숨는 그림자

빛을 등지고 돌아올 때 마주 볼 수 있었다

비대칭 무너져 있는,

꼿꼿한 줄 알았던 내 등
　－「등 뒤」 전문

뒤쪽이 진실일까? "환한 곳에 나가면 등 뒤로 숨는 그림자"처럼 "빛을 등지고 돌아올 때" 비로소 보이기 시작했다는 고백에서 가려졌던 상처가 묻어난다. "빛을 등지고 돌아올 때 마주볼 수 있었다"는 사실은 '등 뒤'의 모습을 보며 깨닫게 된 두 가지 쓸쓸한 마음자리와 외면 풍경이다. 일테면 "꼿꼿한 줄 알았던" 다소 오만했던 자신감이 지금은 "비대칭"으로 적당한 타협으로 굽어가는 자신을 관조하게 되는 정신적 관점의 발견이다. 이런 정황적 사실은 비로소 시「중간 정산」에서 오랜 경험을 건너온 사유가 빚어낸 비움의 속내를 털어내기에 이른다. "어림셈으로 짚어보는 살아온 시간들/ 갈수록 밑지는 장사, 가성비 낮아지는" "부처님 셈법 대입하며 계산기를 덮는데/ 걸어갈 종심소유구,/ 부채負債처럼 무겁다." 시인에게 더 이상의 범속한 셈법은 무용하다. 그저 게이트를 빠져나갈 때마다 치러야 할 통행료 정도가 아닐까.

가을이 닳고 있다, 바스락 바스락

몸살을 앓으며 시간이 닳고 있다

또 한 번 나이테 더하는 내 목숨도 닳고 있다

주변의 모든 것들이 나를 위해 닳아간다

신발이며 옷이며 책상이며 자동차까지

모두가 닳아가면서 말이 없다 생색내지 않는다

자신만을 위해 닳아온 시끄러운 나의 소리

깎을 새 없이 닳아 있던 엄마의 손톱처럼

이 가을, 누군가를 위해 말없이 닳아지기를
－「닳아간다는 것」 전문

기꺼이 닳아가며 누군가를 '위해' 살아보겠다는 마음을 무
조건적 사랑agape이라고 한다면 이 시가 그렇다. 시인은 "주변
의 모든 것들이 나를 위해 닳아간다"고 했다. "가을이" "몸살을
앓으며" "닳고 있"는 "바스락"거리는 시간은 아낌없이 헌신적
이다. 우리는 사소한 것에도 길들어 간다. 자주 사용하는 물건
들, "신발이며 옷이며 책상이며 자동차까지" 하루의 생활 패턴,
사막의 여우가 어린 왕자에게 한 말처럼 사랑도 길들어져 익
숙해지는 것인지 모르겠다. "깎을 새 없이 닳아 있던 엄마의 손
톱"처럼 말이다. 화자는 닳아가는 가을 속에 슬그머니 "엄마의

손톱"을 부려놓고 "자신만을 위해 닳아온 시끄러운 나의 소리"
를 해찰하고 있다.

> 수만 마리 나비 떼의 진혼무가 펼쳐지는
> 눈부셔 외려 슬픈 낙엽들의 환한 이별
> 뜨거운 생의 서사가 노을빛에 걸렸다
>
> 마지막이 더 아름답게, 욕망은 여기까지
> 비움이 채움이고, 채움이 비움이라는
> 윤회의 매듭을 묶어 동안거에 드는 나무
>
> 유채색 사유들 무채색으로 침잠시켜
> 주름 깊은 등뼈 속에 나이테로 새긴다
> 내 자서 끝 페이지에 복붙하고 싶은 경전
> ―「늦가을, 에필로그」전문

  시인이 걸어온 삶의 깊이만큼 가을이 농밀하다. 지상의 생물
이 동안거에 들기 직전 펼쳐지는 단풍의 풍경을 "수만 마리 나
비 떼의 진혼무"로 그려내고 있다. 단풍 든 나무를 현상으로 인
식하고 스산한 늦가을의 허전한 정취에 화자의 모습을 겹쳐 대
상화하고 있다. 흔히 단풍이 발색으로 보이지만 기실은 탈색이
다. 색이 빠지면서 비로소 안 보이던 제 색이 나오는 것이다. 화

자의 고백처럼 "눈부셔 외려 슬픈 낙엽들의 환한 이별"이다. 시어 "환한 이별"은 상반되는 의미의 두 시어로 인해 그 진폭의 울림이 크다. 이 과정에서 탈색된 잎들은 '유채색에서 무채색의 사유로 침잠'되는데 이것은 화자의 "자서 끝 페이지에 복붙하고 싶은 경전"의 장엄한 퇴장의 염을 엿보게 한다. "욕망"은 그치고 "마지막이 더 아름답게" 찍고 싶다는 화자의 바람은 뭇 생명과 다르지 않을 것이다. 사람의 생의 끝이 처음처럼 아름다울 수 없다는 사실을 안다. 눈부신 단풍의 탈색이 아름다운 마침표를 찍고 있는 풍광, 이 또한 자연의 반복된 여정이 아닐까.

3.

시 「분재의 삶」은 다소 가학적이고 폐쇄적인 우리네 삶을 상징하는 듯한 작품이다. 화분 속에 규정화되어 살아내는 분재라는 나무의 삶은 모순된 사회의 이면을 적출해 보인다. 피식민자들the colonized은 그들이 인간다운 삶을 영위할 수 있는 삶의 영역을 거세당할 수 있다. 이 작품은 침대 길이보다 키가 크면 잘라내고 작으면 늘여서 결국 모두 죽였다는 '프로크루스테스의 침대'라는 그리스 신화를 이식하고 있다. 이처럼 자신의 존재를 특정 대상으로 동화시키는 알레고리적 인식론은, 김귀현 시에 나타나는 존재론적 인식의 중요한 방법론이 된다. 그런 면에서 제목 '분재의 삶'에 심어놓은 사회의 이면은 자신인 동시에 타자가 될 수 있다.

비바람에 뒤채이어 뒤틀린 내 모습을
찬찬히 살펴보던 선해 뵈던 눈썰미가
짐작도 하지 못했다, 프로크루스테스 침대인 줄

방부 처리된 뉴스에 이명이 깊어져서
창밖으로 귀를 열고 촉수 뻗어보지만
싱싱한 세상 풍문에 끼어들 수 없었다

울울창창 먼 꿈이 낮달로 걸린 오후
잘려 나간 뼈마디에 환상고통 도져오고
불온한 탈출의 결기 담벼락에 튕겨진다

부황 든 목숨일망정 생존은 지상 명제
운명에 도리질하며 뻗쳐 나온 뿌리들
제 한 생 얽어매던 굴레, 금 간 화분 감싼다
　－「분재의 삶」 전문

　"방부 처리된 뉴스에 이명"은 "싱싱한 세상 풍문에 끼어들 수
없"다. 분재盆栽란 한자의 해석만으로는 화분에서 재배하는 것
을 뜻하지만, 관용적으로 나무를 화분의 크기에 맞게 잘라 난

쟁이로 자라게 하는 것과 같다. 화자는 "잘려 나간 뼈마디"로 거세된 삶의 영역을 "환상고통"으로 대치해 그 처절함을 환유하고 있다. 미약하나마 "운명에 도리질하며 뻗쳐 나온 뿌리들"은 프로크루스테스의 침대 길이에 죽임당하지 않으려 "금 간 화분 감"싸는 것으로 발버둥 치고 있음을 알 수 있다. 이렇듯 시인의 사유는 우리 사회를 얽어매는 폭력을 그냥 지나치지 않는다. 현역에서부터 지금까지 소외된 사람들을 위해 일하는 시인의 개인적 이력과도 관련이 있겠지만 그보다 사회적인 인간으로서의 이타적인 세포가 생래적으로 내장되어 있음이라 짐작한다. 인간의 사회성은 덕德의 행위에 가까운 본성에 있으니만큼 숨길 수 없는 연민의 가지가 고통을 뚫고 뻗쳐 나온 현상과 다르지 않다.

횡단보도 앞쪽은 건너편인가 맞은편인가

신호등 켜지는 동안 개념 정리 해보지만

같은 편 같기도 하고

다른 편 같기도 한 너

건너편 불빛으로 설렐 때도 있었지

흔드는 손의 표정이 기쁨인지 이별인지

맞은편 저 건너편은

누구 편도 아닌 편
　－「건너편」 전문

　어느새 이 시조집의 중심에 다다랐다. 지나온 길들이 욕망과
체념이 뒤섞인 풍경이었다면 「건너편」은 궁극의 화자가 닿으
려고 한 '길' 그 자체이다. 그 길을 향해 여기까지 온 것이다. 삶
의 어느 곳이든 구획되지 않는 곳은 없다. 횡단보도 앞에 선 화
자는 파란불 신호등이 켜지길 기다리며 건너편과 맞은편의 개
념을 정리하고 있다. 한때 "흔드는 손의 표정이 기쁨인지 이별
인지"도 모른 채 "건너편 불빛으로 설렐 때도 있었"다는 언술
과 "같은 편 같기도 하고／ 다른 편 같기도" 하다는 언술은 부분
으로 전체를 나타내는 익숙한 비유법일 수 있다. 하지만 이 길
은 "맞은편 저 건너편은／ 누구 편도 아닌", 구별도 편향도 없는,
즉 가성비를 따지지 않는 길이다. 어떻게 편이 없는 저 길이 살
아서 움직이는 것처럼 느껴질까. 김귀현의 시에서 길은 사람을
향한 진정성이다. 서양에서의 길way은 동양 사상에서도 길道이

된다. 그것은 길이 사람이고 사람이 곧 행하는 방식의 사유로 서 '길'이라는 두 명제가 하나로 성립되기 때문이다. 김귀현 시 인은 시종일관 '사람'에 대해 쓰고 있다.

시작과 끝 묻지를 말라,
신의 뜻이 잉태된 곳
푸르게 뻗는 탯줄에 내장된 타임캡슐
장엄한 시원始原의 서사
뭇 생명에 타전한다

태곳적 모스부호에
감응하는 물풀의 몸짓
왕버들 우듬지에서 반짝이는 초록빛은
생명의 본질을 이어가는
신성한 물의 아우라

살아 있는 것들은
모두 물을 먹고 산다
가닿는 자리마다 잎이 피고 꽃이 핀다
일억 년 마르지 않은 젖줄,
겁劫을 향해 길을 낸다
　－「생명의 서序 - 우포늪」 전문

시작도 끝도 물을 수 없는 길은 물로 옮겨 왔다. 이 시조집에는 「생명의 서 - 우포늪」 「여름 우포」 두 편의 우포에 관한 생태시가 있다. 소개한 이 시를 그저 우포시라고 읽어도 좋고 태고로부터 이어져 온 장엄한 시원의 서사로 생명성을 타전해 감상해도 좋다. 과연 이 시는 우포라는 태고의 유한함 속에 무한의 본질을 새겨놓은 섬세함이 각별하다. 자칫 상투적으로 발화되기 쉬운 소재를 감각적인 시어를 동원해 정적인 행간에 현대적 감성을 활기차게 살려내고 있다. "탯줄에 내장된 타임캡슐" "태곳적 모스부호" "물의 아우라" 등 익숙한 것과 생경한 시어들의 이질적인 조합이 단조롭지 않은 음역으로 확장된다. 이렇듯 길은 물과도 순항하며 "마르지 않은 젖줄"로 "겁을 향해 길을 낸다"는 바야흐로 아름다운 종국에 다다른 서사다. 순환하는 것들은 멈추지 않기에 처음이 끝이고 끝이 다시 처음에 이르게 된다. 선업善業이 선하면 선을 낳고 고인 슬픔은 발효되어 그리움이 된다. 이 시의 속사정이 그렇다.

발효된 슬픔들이 고여 있는 고향 집터
제값 날 때 팔아야 한다는 부동산 시장판에
어설픈 귀거래사 따위
끼어들 틈은 없었다

이력서 첫 줄에 꾹꾹 눌러쓰던 그 본적
내 삶 푸른 시간이 그리움으로 박혀 있는
그곳을 그렇게 버리다니
내가 늙어 죽기도 전에

세상에 뒤채일 때면 회귀하는 연어가 되어
아버지 손등처럼 쓰다듬던 낡은 문패
이제는 지상에 없는
본적이란 그 이름
　－「본적을 팔다」 전문

　김귀현 시인의 본적지의 풍광은 이 시의 첫 줄에 모두 있다.
"발효된 슬픔들이 고여 있는 고향 집터"에는 부재의 회한이 묻
어난다. 그렇게 세상의 셈법에 떠밀려 팔려 나간 본적지를 떠
올리는 시인은 "이력서 첫 줄에 꾹꾹 눌러쓰던" 그 시작의 근원
인 본적을 "내 삶 푸른 시간이 그리움으로 박혀 있는" 이름표로
기억한다. 이때 "우리는 어디서 왔으며, 무엇이며, 어디로 가는
가"라는 파노라마처럼 가로로 길게 펼쳐진 고갱의 질문을 떠
올리게 된다. 태어나면서 생득적으로 갖게 되는 본적지는 누
구에게나 있다. 고갱의 그림 속에는 네발로 기어다니는 아기
가 자라나 두 발로 걷고 종내에는 지팡이에 의지해 걷는 늙은
이가 모두 있다. 비록 화자가 길 위에서 범속한 셈법으로 본적

을 팔았다고 할지라도 한번 가진 본적은 사라지지 않는 법이어서 "세상에 뒤채일 때면 회귀하는 연어가 되어" 길을 잃을 때마다 '그립다는 말, 한가운데 파문'으로 부활해 "하염없이 맴돌고"(「호수」) 있다. 시인의 시 속에서 생은 재생을 시작한다.

시인의 전 구간을 쫓아 여기까지 왔다. 작품을 탐독하는 작업이 그 귀결을 확인하는 일은 아닐 테지만, 김귀현 시인의 시조집 『너라는 화두』에는 자연에 순응하며 닮아가는 것과 고통 속 참담한 맺음이 있다. 시인은 이 구간을 지나며 적잖이 혼란스러운 심경을 드러내는데 "꽃잎을 꽃과 잎으로 나눌 수 있을까"(「벚꽃 지다」), "삼십 년 섬으로 산 아들/ 무엇을 슬퍼해야 하나요"(「한 평 섬에 살던 남자 - 코로나 고독사」)라는 질문이 그렇다. 모순된 사회구조와 타인에게 무관심한 상태로 살아가는 현대인에 대한 성찰이 묻어난다. 그 지점이 강렬한 이유는 죽음 앞에 모든 사람은 평등하다는 명제와 달리 죽음의 순간에서도 인간의 존엄은 극명하게 갈린다는 사실에 있다. 사회 관계망 속에서 존엄성을 찾지 못하는 것이야말로 근본적인 소외일 것이다. 혼란스러운 현재에 대한 절망과 우울이 심각할수록 더 아름다운 세상을 동경한다. 해설에서 충분히 다루지 않은 시편들 「반지하 탈출기 - 수원 세 모녀 사망 기사에 부쳐」「한 평 섬에 살던 남자 - 코로나 고독사」「요양원 일기」 등은 시인이 눈여겨 살핀 아픈 구간이었음을 짐작하며 그저 숙독하며 동행하기를 권

한다.

　수많은 차가 질주하는 꼬리를 물고 늘어선 도로의 풍경은 우리 삶 전체를 상징하는 부분처럼 느껴진다. "제 상처 핥으면서" "앙가슴 서로 다독이며" "캄캄한 블랙홀을/ 얼마나 돌았을까." 오늘도 톨게이트를 지난다. "뽀송해진 자존심이/ 밭은 숨을 고르고// 맞서야 할 내일을 향해 날개를 다시 편다."(「어떤 부활」) 부재하는 것과 현재하는 것의 모든 순간이 길이다. 김귀현 시인은 이 순간 더없이 환한 재생을 꿈꾸며, 생의 가을 게이트를 막 지나고 있다.